Dieses Drachenbuch gehört:
....

Bringe deinem Drachen bei Regeln zu befolgen
My Dragon Books Deutsch – Volumen 11
von Steve Herman

ISBN: 978-1-64916-012-6 (Taschenbuch)
ISBN: 978-1-64916-013-3 (Gebundenes Buch)

www.MyDragonBooks.com

Erstauflage: Mai 2020

10 9 8 7 6 5 4 3 2 1

Bringe deinem Drachen bei Regeln zu befolgen

My Dragon Books Deutsch – Volumen 11

Steve Herman

7
Hallo, mein Name ist Drew,
ich hab' eine riesen Überraschung für dich.
Ich wette, wenn du es erstmal siehst,
glaubst du deinen Augen nicht!

TA TA - ES IST EIN DRACHE!!!
- keine Angst er ist ganz lieb
Aber ist er nicht, ganz sicherlich,
das coolste Haustier, das es gibt?!

Sein Name is Diggory Doo,
ich hab' ihn gut trainiert,
damit er lässt was er nicht tun soll,
und tut, was er soll - voll motiviert.

Aber selbst als er noch ganz klein war,
war er doch manchmal ungezogen.
Das brachte mir manch Ärger ein
und war anstrengend – ungelogen!

Drachen erziehen ist sicher nicht leicht,
das letzte Wort ist da noch nicht gesprochen –
Wann immer ich ihm Regeln gab,
wurden sie von Diggory bald gebrochen!

„Ich bin ein Drache und kein Mensch,“
schimpfte er fast überall.
„Es ist nicht fair, dass ich so sein soll wie du!“
er bekam manchmal einen richtigen Wutanfall!

Eine Regel ist zum Beispiel,
Zähneputzen, das macht doch Sinn.
Als Diggory seine Milchzähne bekam,
sagte ich, das sei erst der Beginn.

Doch Diggory, der weigerte sich,
er schmollte ganz geschwind,
„Du änderst deine Meinung“ sagte ich
„wenn dir die Zähne ausgefallen sind!“

Eine Regel die er gar nicht mochte,
Diggory, mein Schelm,
war: Fahrradfahren, ja gerne,
doch immer nur mit Helm!

„Zwing mich nicht, nein bitte nicht,
ich bin nicht cool, wenn ich den trag.“
Ich fragte ihn was ihm denn lieber wär′,
ob er ein Loch im Kopf besser mag?!

MONDAY
FRIDAY
Die Regeln sind auch, dass wir alle
5 Tage die Woche zur Schule gehen.
Und wenn wir im Unterricht sprechen wollen,
muss die Lehrerin die erhobene Hand erst sehen

Ich sagte zu Diggory: „Hör zu,
man kann nicht einfach durchs Leben segeln,“
Doch er schrie mich stattdessen wütend an:
„ÜBERALL WO ICH BIN GIBT’S NUR REGELN!“
REGELN
REGELN
REGELN

Wir gingen zusammen ins Kino,
er brachte etwas zum Knabbern mit rein.
„Diggory das darf man nicht,
Regelnbrechen darf nicht sein!“

„Man bring sein Knabberzeug nicht mit,
das überfüllt das Maß!“
„Ohne diese Regeln,“ gab er zurück,
„hätte ich sicher viel mehr Spaß!“

Diggory liebt es draußen zu spielen,
ich glaube das tun alle Drachen,
aber erst muss seine Hausarbeit fertig sind,
musst du das auch so machen?

Mama sagt, erst macht man das Bett,
und räumt sein Chaos auf.
Er heult und meckert und stampft mit dem Fuß,
als hätte er Schmerzen zuhauf!

Eines Abends sagte Papa:
„Diggory, es ist Zeit fürs Bett."
Doch er wollte noch länger aufbleiben,
er fand sein Spiel gerade so nett.

„Diggory, das ist die Regel,
an die musst du dich halten, sei brav –
denn alle Jungen und Mädchen,
und auch Drachen, brauchen viel Schlaf."

Diggory schaut gerne fern,
aber erst müssen die Hausaufgaben fertig sein -
von allen Regeln die es gibt,
findet er diese am meisten gemein!
„Es gibt für ALLES Regeln,
sollte man wohl meinen!
Warum kann ich nicht tun
und lassen was mir gefällt?“
fragte er und begann zu weinen.

“Immer muss ich mich an Regeln halten,” sagte Diggory mit Verdruss,
„Diggory hör auf dich zu beschweren, über Regeln, die jeder befolgen muss!“

Diggory Doo,“ sagte ich zu ihm,
ich wünschte du könntest sehen warum ich find,
dass, obwohl du sie so gar nicht magst,
Regeln etwas Gutes sind.“

Manche Regeln bewahren uns vor Schaden,
sie beschützen uns sogar.
Und wenn du ihnen nur eifrig folgst,
dann klappt alles wunderbar.

Wie etwa, dass man zweimal schaut,
bevor man über die Straße geht,
oder dass man nicht mit Fremden spricht,
weil ohne diese Regeln Gefahr besteht.

Andere Regeln sind für unsere Gesundheit gut,
und halten unsere Körper in Form.

Wie Zähneputzen und früh schlafen gehen
und etwas Sport, das hilft schon enorm.

Vergiss nicht dich gründlich zu waschen,
iss etwas Gesundes zu jeder Mahlzeit.

Folge diesen Regeln jeden Tag,
und du bist bald für alles bereit!

Manche Regeln helfen uns,
im Umgang mit Andern zu leben.

Wie, nett zu jedem sein, den man trifft,
und Fehler zuzugeben.

Andere Regeln sind dazu da,
Dinge mit Sinn zu machen,

wie erst alle Hausarbeit erledigen,
dann erst kommen die spaßigen Sachen.

Diggory kratzte sich am Kopf:
“Daran hab’ ich nie gedacht -
ich wehre mich nicht mehr dagegen,
jetzt wo das mit den Regeln ja Sinn macht!“

Ich bin ganz stolz auf meinen Drachen –
Bravo, Digggory Doo!
Er lernte, dass Regeln wichtig sind,
für Kinder - und für Drachen noch dazu!

POTTY TRAIN YOUR DRAGON
Steve Herman
TRAIN YOUR ANGRY DRAGON
Steve Herman
THE MINDFUL DRAGON
Steve Herman
THE YOGA DRAGON
Steve Herman
DRAGON & THE BULLY
Steve Herman
HAPPY BIRTHDAY DRAGON
Steve Herman
NO!
TRAIN YOUR DRAGON TO ACCEPT NO
Steve Herman
I GOT THIS!
Steve Herman
TRAIN YOUR DRAGON TO BE KIND
Steve Herman
A DRAGON With His Mouth ON FIRE
Steve Herman
RULES
RULES
TRAIN YOUR DRAGON To Follow RULES
Steve Herman
IT'S NOT MY FAULT !!!
TRAIN YOUR DRAGON To Be RESPONSIBLE
Steve Herman
TRAIN YOUR DRAGON To LOVE HIMSELF
Steve Herman
TEACH YOUR DRAGON To Understand CONSEQUENCES
Steve Herman
TEACH YOUR DRAGON TO STOP LYING
Steve Herman
TEACH YOUR DRAGON TO MAKE FRIENDS
Steve Herman
TEACH YOUR DRAGON TO SHARE
Steve Herman
FIX YOUR DRAGON'S ATTITUDE
Steve Herman
NO!
GET YOUR DRAGON TO TRY NEW THINGS
Steve Herman
TEACH YOUR DRAGON TO FOLLOW INSTRUCTIONS
Steve Herman
HELP YOUR DRAGON DEAL WITH ANXIETY
Steve Herman
A DRAGON CHRISTMAS
Steve Herman
TEACH YOUR DRAGON MANNERS
Steve Herman
TEACH YOUR DRAGON EMPATHY
Steve Herman
TEACH YOUR DRAGON About DIVERSITY
Steve Herman

HELP YOUR DRAGON Learn From MISTAKES
Steve Herman
HELP YOUR DRAGON DEAL WITH CHANGE
Steve Herman
THE SAD DRAGON
A DRAGON BOOK ABOUT GRIEF AND LOSS
Steve Herman
DRAGON SIBLING RIVALRY
Steve Herman
LIMIT YOUR DRAGON'S SCREEN TIME
Steve Herman
DRAGON and HIS FRIEND
A Dragon Book About Autism
Steve Herman
TEACH YOUR DRAGON GOOD HYGIENE
Steve Herman
TEACH YOUR DRAGON ABOUT STRANGER DANGER
Steve Herman
HELP YOUR DRAGON COPE WITH TRAUMA
Steve Herman
Habt ihr schon alle Drachenbücher gesammelt?
Bis zum nächsten Mal in der nächsten Geschichte
www.MyDragonBooks.com